O Rei da Vela

PEÇA EM TRÊS ATOS

Edição com texto integral. Inclui notas explicativas para os termos não usuais.

BIBLIOTECA LUSO-BRASILEIRA

Título original: *O rei da vela*. Publicado pela primeira vez no Brasil em 1937. Texto integral e original.

Grafia conforme o novo Acordo Ortográfico da Língua Portuguesa.

1ª edição, 2026.

Editores: Jair Lot Vieira e Maíra Lot Vieira Micales
Coordenação editorial: Karine Moreto de Almeida
Produção editorial: Richard Sanches
Edição de textos: Marta Almeida de Sá
Assistente editorial: Thiago Santos
Preparação de texto: Thiago de Christo
Revisão: Tatiana Yumi Tanaka Dohe
Diagramação: Deborah Mattos
Capa: Leonardo Kenji Sugimoto

Dados Internacionais de Catalogação na Publicação (CIP)
(Câmara Brasileira do Livro, SP, Brasil)

Andrade, Oswald de, 1890-1954.

O rei da vela : peça em três atos / Oswald de Andrade. – 1. ed. – São Paulo : Via Leitura, 2026. – (Biblioteca luso-brasileira)

ISBN 978-65-87034-74-4 (impresso)
ISBN 978-65-87034-75-1 (e-pub)

1. Teatro brasileiro I. Título II. Série.

25-300887.1 CDD-869.2

Índice para catálogo sistemático:
1. Teatro : Literatura brasileira 869.2

Maria Alice Ferreira - Bibliotecária - CRB-8/7964

VIA LEITURA

São Paulo: (11) 3107-7050 • Bauru: (14) 3234-4121
www.vialeitura.com.br • edipro@edipro.com.br
@editoraedipro @editoraedipro

O livro é a porta que se abre para a realização do homem.
Jair Lot Vieira

OSWALD DE ANDRADE

O Rei da Vela

PEÇA EM TRÊS ATOS

VIA LEITURA

A Álvaro Moreyra

e

Eugênia Álvaro Moreyra

na dura criação de um enjeitado — o teatro nacional,

O. A.

São Paulo, junho, 1937.

PERSONAGENS DRAMÁTICOS

Abelardo I

Abelardo II

Heloísa de Lesbos

Joana conhecida por João dos Divãs

Totó Fruta-do-Conde

Coronel Belarmino

Dona Cesarina

Dona Poloquinha

Perdigoto

O Americano

O Cliente

O Intelectual Pinote

A Secretária

Devedores, Devedoras

O Ponto

1º ATO

Em São Paulo. Escritório de usura de Abelardo & Abelardo. Um retrato da Gioconda. Caixas amontoadas. Um divã futurista. Uma secretária Luís XV. Um castiçal de latão. Um telefone. Sinal de alarma. Um mostruário de velas de todos os tamanhos e de todas as cores. Porta enorme de ferro à direita correndo sobre rodas horizontalmente e deixando ver no interior as grades de uma jaula. O Prontuário, peça de gavetas, com os seguintes rótulos: MALANDROS — IMPONTUAIS — PRONTOS — PROTESTADOS. — Na outra divisão: PENHORAS — LIQUIDAÇÕES — SUICÍDIOS — TANGAS.

Pela ampla janela entra o barulho da manhã na cidade e sai o das máquinas de escrever da antessala.

ABELARDO I, ABELARDO II E CLIENTE.

Abelardo I (Sentado em conversa com o Cliente. Aperta um botão, ouve-se um forte barulho de campainha.) — Vamos ver...

Abelardo II (Veste botas e um completo de domador de feras. Usa pastinha e enormes bigodes retorcidos. Monóculo. Um revólver à cinta.) — Pronto, Seu Abelardo.

Abelardo I — Traga o dossiê desse homem.

Abelardo II — Pois não! O seu nome?

Cliente (Embaraçado, o chapéu na mão, uma gravata de corda no pescoço magro.) — Manoel Pitanga de Moraes.

Abelardo II — Profissão?

Cliente — Eu era proprietário quando vim aqui pela primeira vez. Depois fui dois anos funcionário da Estrada de Ferro Sorocabana. O empréstimo, o primeiro, creio que foi feito para o parto. Quando nasceu a menina…

Abelardo II — Já sei. Está nos IMPONTUAIS. (Entrega o dossiê reclamado e sai.)

Abelardo I (Examina.) — Veja! Isto não é comercial, Seu Pitanga! O senhor fez o primeiro empréstimo em fins de 29. Liquidou em maio de 1931. Fez outro em junho de 31, estamos em 1933. Reformou[1] sempre. Há dois meses suspendeu o serviço de juros… Não é comercial…

O Cliente — Exatamente. Procurei o senhor a segunda vez por causa da demora de pagamento na Estrada, com a Revolução de 30. A primeira foi para o parto. A criança já tinha 2 anos. E a Revolução em 30… Foi um mau sucesso que complicou tudo…

Abelardo I — O senhor sabe, o sistema da casa é reformar. Mas não podemos trabalhar com quem não paga juros… Vivemos disso. O senhor cometeu a maior falta contra a segurança do nosso negócio e o sistema da casa…

O Cliente — Há dois meses somente que não posso pagar juros.

Abelardo I — Dois meses. O senhor acha que é pouco?

O Cliente — Por isso mesmo é que eu quero liquidar. Entrar num acordo. A fim de não ser penhorado. Que diabo!

1. Reformar: aqui utilizado no sentido de revalidar título ou contrato.

O senhor tem auxiliado tanta gente. É o amigo de todo mundo... Por que comigo não há de fazer um acordo?

Abelardo I — Aqui não há acordo, meu amigo. Há pagamento!

O Cliente — Mas eu me acho numa situação triste. Não posso pagar tudo, Seu Abelardo. Talvez consiga um adiantamento para liquidar...

Abelardo I — Apesar da sua impontualidade, examinaremos as suas propostas...

O Cliente — Mas eu fui pontual dois anos e meio. Paguei enquanto pude! A minha dívida era de um conto de réis. Só de juros eu lhe trouxe aqui nesta sala mais de dois contos e quinhentos. E até agora não me utilizei da lei contra a usura...

Abelardo I (Interrompendo-o, brutal.) — Ah! meu amigo. Utilize-se dessa coisa imoral e iníqua. Se fala de lei de usura, estamos com as negociações rotas... Saia daqui!

O Cliente — Ora, Seu Abelardo. O senhor me conhece. Eu sou incapaz!

Abelardo I — Não me fale nessa monstruosidade porque eu o mando executar hoje mesmo. Tomo-lhe até a roupa, ouviu? A camisa do corpo.

O Cliente — Eu não vou me aproveitar, Seu Abelardo. Quero lhe pagar. Mas quero também lhe propor um acordo. A minha situação é triste... Não tenho culpa de ter sido dispensado. Empreguei-me outra vez. Despediram-me por economia. Não ponho minha filhinha na escola porque não posso comprar sapatos para ela. Não hei de morrer de fome também. Às vezes não temos o que comer em casa. Minha mulher agora caiu doente. No entanto, sou um homem habilitado. Tenho procurado inutilmente emprego por toda a parte. Só tenho recebido nãos enormes. Do tamanho do céu! Agora, aprendi escrituração, estou fazendo umas escritas. Uns biscates. Hei de arribar… Quero ver se adiantam para lhe pagar.

Abelardo I — Mas, enfim, o que é que o senhor me propõe?

O Cliente — Uma pequena redução no capital.

Abelardo I — No capital! O senhor está maluco! Reduzir o capital? Nunca!

O Cliente — Mas eu já paguei mais do dobro do que levei daqui…

Abelardo I — Me diga uma coisa, Seu Pitanga. Fui eu que fui procurá-lo para assinar este papagaio? Foi o meu automóvel que parou diante do seu casebre para pedir que aceitasse o meu dinheiro? Com que direito o senhor me propõe uma redução no capital que eu lhe emprestei?

O Cliente (Desnorteado.) — Eu já paguei duas vezes…

Abelardo I — Suma-se daqui! (Levanta-se.) Saia ou chamo a polícia. É só dar o sinal de crime neste aparelho. A polícia ainda existe…

O Cliente — Para defender os capitalistas! E os seus crimes!

Abelardo I — Para defender o meu dinheiro. Será executado hoje mesmo. (Toca a campainha.) Abelardo! Dê ordens para executá-lo! Rua! Vamos. Fuzile-o. É o sistema da casa.

O Cliente — Eu sou um covarde! (Vai chorando.) O senhor abusa de um fraco, de um covarde!

MENOS O CLIENTE.

Abelardo I — Não faça entrar mais ninguém hoje, Abelardo.

Abelardo II — A jaula está cheia... Seu Abelardo!

Abelardo I — Mas esta cena basta para nos identificar perante o público. Não preciso mais falar com nenhum dos meus clientes. São todos iguais. Sobretudo não me traga pais que não podem comprar sapatos para os filhos...

Abelardo II — Este está se queixando de barriga cheia. Não tem prole numerosa. Só uma filha... Família pequena!

Abelardo I — Não confunda, Seu Abelardo! Família é uma cousa distinta. Prole é de proletário. A família requer a propriedade e vice-versa: Quem não tem propriedades deve ter prole. Para trabalhar, os filhos são a fortuna do pobre...

Abelardo II — Mas hoje ninguém mais vai nisso...

Abelardo I — É a desordem social, o desemprego, a Rússia! Esse homem possuía uma casinha. Tinha o direito de ter uma família. Perdeu a casa. Cavasse prole! Seu Abelardo, a família e a propriedade são duas garotas que frequentam a mesma *garçonnière*,[2] a mesma farra... quando o pão sobra... Mas quando o pão falta, uma sai pela porta e a outra voa pela janela...

Abelardo II — A família é o ideal do homem! A propriedade também. E Dona Heloísa é um anjo!

Abelardo I — Você sabe que não há outro gênero no mercado. Eu não ia me casar com a irmã mais moça que chamam por aí de garota da crise e de João dos Divãs. Nem com o irmão menor que todo mundo conhece por Totó Fruta-do-Conde!

Abelardo II — Um degenerado...

---

2. *Garçonnière*: palavra francesa utilizada para designar uma casa particular e pequena utilizada por homens para encontros amorosos.

Abelardo I — Coisas que se compreendem e relevam numa velha família! Heloísa, apesar dos vícios que lhe apontam... Você sabe, toda a gente sabe. Heloísa de Lesbos! Fizeram piada quando comprei uma ilha no Rio, para nos casarmos. Disseram que era na Grécia. Apesar disso, ela ainda é a flor mais decente dessa velha árvore bandeirante. Uma das famílias fundamentais do Império.

Abelardo II — O velho está de tanga. Entregou tudo aos credores.

Abelardo I — Que importa? Para nós, homens adiantados que só conhecemos uma coisa fria, o valor do dinheiro, comprar esses restos de brasão ainda é negócio, faz vista num país medieval como o nosso! O senhor sabe que São Paulo só tem dez famílias?

Abelardo II — E o resto da população?

Abelardo I — O resto é prole. O que eu estou fazendo, o que o senhor quer fazer é deixar de ser prole para ser família, comprar os velhos brasões, isso até parece teatro do século XIX. Mas no Brasil ainda é novo.

Abelardo II — Se é! A burguesia só produziu um teatro de classe. A apresentação da classe. Hoje evoluímos. Chegamos à espinafração.

Abelardo I — Bem. Veja o borderô... O Banco devolveu muita coisa?

Abelardo II — Xu! Um colosso! Estamos no vinagre, Seu Abelardo!

Abelardo I — Vamos...

Abelardo II (Lendo.) — Cinco contos setecentos e setenta. Doutor Carlos Magalhães de Moraes Benevides Fonseca. Chapa única... Reforma-se? Não paga juros há dois meses.

Abelardo I — Reforma-se.

Abelardo II — Antunes & Lapa... três contos... já protestei. Mangioni... Luiz. O bicheiro... Doutor João Carlos de Menezes Rocha... dois contos...

Abelardo I — Pro protesto.

Abelardo II — Barão de Gama Lima, quinhentos mil-réis...

Abelardo I — Pro protesto!

Abelardo II — Moura Melo... setecentos mil-réis.

Abelardo I — Pro protesto.

Abelardo II — Abraão Calimério... dez contos.

Abelardo I — Pro protesto!

Abelardo II — Carlos Peres... Esta já foi pro pau ontem...

Abelardo I — Ele não pediu reforma?

Abelardo II — Não.

Abelardo I — E por quê?

Abelardo II — Tomou dois copos de limonada com iodo. Está aqui no jornal. (Procura.) Diz que está em estado de coma, na Santa Casa...

Abelardo I — Mande o Benvindo fazer a penhora. Depressa. Antes que ele morra e a venda feche...

Abelardo II — Está certo. Esta é... daquele funcionário público, o Pires Limpo... Ele está limpo e de pires! Mandou a filha aqui.

Abelardo I — Bonita?

Abelardo II — Pancadão! Dezoito anos... Cada dente deste tamanho.

Abelardo I — Mandou a filha? O mês passado veio a mulher.

Abelardo II — Eu vi. Jeitosa... Mas muito faladeira. Queria saber onde é que o senhor morava, falou na compra da ilha no Rio, onde o senhor vai se casar. Que ia levar de avião uma porção de gente de São Paulo.

Abelardo I (Batendo o pé numa grande caixa de papelão.) — Que é isto aqui?

Abelardo II — Formas de chapéu. (Mostra o castiçal de latão.) A penhora de Madame Lanale. Só tinha isso e aquele candelabro. Quase que não dá para pagar os tiras que ajudaram.

Abelardo I — E os móveis...

Abelardo II — Ficaram despedaçados na rua. Eram duas peças velhas, de ferro. Foi um escândalo. O estado-maior teve que agir duro. O povo queria se opor. Juntou gente...

Abelardo I — Que estado-maior?

Abelardo II — Os oficiais de justiça...

Abelardo I — Mas o exemplo ficou!

Abelardo II — E frutificará.

Abelardo I — A rua inteira sabe que penhorei porque não me pagaram 200$000. A cidade inteira sabe. Talvez gastasse mais nisso... Que importa? *Dura lex*, aprendi isso na Faculdade de Direito!

Abelardo II — Queria que o senhor visse a choradeira! A viúva berrava na janela: — *Gli orfani! Gli orfani! Non abiamo piu lavoro!*

Abelardo I — O quê?

Abelardo II — Ela queria dizer que os órfãos não tinham mais o que comer. Tiramos os instrumentos de trabalho.

Abelardo I — Manhosa...

Abelardo II — Só se pode prosperar à custa de muita desgraça. Mas de muita mesmo...

Abelardo I — Se não for assim, como garantirei os meus depositantes? Se não tiro do outro lado? Ofereço juros que os bancos não pagam. Os juros que só alguns pagavam nos bons tempos. 4 e até 5 por cento ao ano!

Abelardo II — Também o dinheiro corre para aqui!... Lá embaixo a seção bancária está assim!

Abelardo I — Ofereço boas garantias. E também exijo boas garantias, quando empresto...

Abelardo II — A 5 e 10 por cento ao mês... Por filantropia! (O telefone.) É seu irmão.

Abelardo I — Meu advogado.

Abelardo II (No fone.) — Sim senhor. Está. (Para Abelardo.) Diz que entrou no Fórum com três executivos. Está chamando o senhor...

Abelardo I (Ao fone.) — Como? Sou eu... Abelardo. O Teodoro? Quer se prevalecer da lei de usura! Grande besta! E pede reforma! Linche esse camarada. Ponha flite[3] nele e acenda um fósforo! (Bate o fone.) Pro pau com esse bandido! Lei contra a usura! Miseráveis! Bolchevistas! Por isso é que o país se arruína. E há um miserável que quer se aproveitar dessa iniquidade.

3. Flite: inseticida utilizado à época em que a obra foi feita.

Abelardo II — Leis sociais…

Abelardo I — Súcia[4] de desonestos. Intervir nos juros. Cercear o sagrado direito de emprestar o meu dinheiro à taxa que eu quiser! E que todos aceitam. Mais! Que vêm implorar aqui! Sou eu que vou buscá-los para assinar papagaios? Ou são eles que todos os dias enchem a minha sala de espera? Abra a jaula!

Abelardo II obedece de chicote em punho. A porta de ferro corre pesadamente.

MAIS CLIENTES.

Os clientes aparecem atropeladamente nas grades. É uma coleção de crise, variada, expectante. Homens e mulheres mantêm-se quietos ante o enorme chicote de Abelardo II.

Abelardo I — Rua! Nem mais um negócio! Vou fechar esta bagunça.

Vozes (Da jaula.) — Pelo amor de Deus! Por caridade! Eu não posso pagar o aluguel! Reforme! Vou à falência!

Abelardo I — Rua! Ninguém mais pode trabalhar num país destes! Com leis monstruosas!

As Vozes — Eu tenho que fechar a fábrica! Não poderei pagar os duzentos operários que ficarão sem pão! Tenha piedade! Inclua os juros no capital! Damos excelentes garantias!

Abelardo I (A Abelardo II.) — Feche esta porta! Não atendo ninguém!

Abelardo II faz estalar o chicote de domador.

As Vozes — Blefaremos o governo! Me salve! Me salve!

4. Súcia: grupo de pessoas de má conduta; corja, cambada.

Abelardo I — Rua! Canalhas! Lá fora sei como vocês me tratam!

Abelardo II fá-los recuar das grades, brandindo o chicote e ameaçando com o revólver.

Uma Voz de Mulher — Ai Jesus! Não temos o que comer! Eu não saio daqui! Espero até à noite! Estou arruinada!

As Vozes Irritadas (Abelardo II procura fechar a porta de ferro.) — Canalha! Sujo! Tirou o nosso sangue! Ladrão! Não saímos daqui!

Um Italiano — *Pamarona*! *Momanjo* isto capitalista!

Uma Francesa — *Sale cochon*! *Si c'est possible*! *Con*!

Um Russo Branco — *Svoloch*!

Um Turco — *Joge paga bateca*! *Non izacuta Joge...*

As Vozes (Em coro.) — Assassino!

Abelardo I — Feche! Atire!

Abelardo II dá um tiro para o ar. Os clientes recuam gritando. Ele corre a porta de ferro ruidosamente.

As Vozes (Abafadas.) — Cão! Rei da Vela! Pão-duro!

Uma Voz de Mulher (Gritando do outro lado da porta.) — Meu marido bebeu estricnina!

Outra — Minha mãe tomou lisol!

Outra — Meu pai se jogou do Viaduto!

Abelardo I — Lisol! Estricnina! Viaduto! É do que vocês precisam, canalhas!

MENOS O CLIENTE.

Telefone.

Abelardo II (Atendendo.) — Alô! É o padre! Aquele da entrevista! Está, reverendo! Vem já…

Abelardo I — Mas você marcou?

Abelardo II — Não marquei nada.

Abelardo I (Torna o fone.) — Bom dia, reverendo! Sou eu mesmo. Abelardo… Ah! Com muitíssima honra… Esperarei vossa reverendíssima. Pode ser às quatro horas? Então… sem dúvida… Beijo-lhe as mãos! Sempre às suas ordens. (Depõe o fone.) Este padre é engraçado… Não me larga… Eu não sou eleitor… Ele não quer dinheiro…

Abelardo II — Quer a sua alma…

Abelardo I — Evidentemente é um caso raro. Um homem preocupar-se comigo sem ser logo à vista… Quanto?

Abelardo II — Ele prefere tratar desde já do seu testamento.

Abelardo I — Inútil. Eu morro ateu e casado.

Abelardo II — É isso mesmo que ele quer. A viúva cuidará bastante de sua alma que terá ido… para o purgatório…

Abelardo I — Diga-me uma coisa, Seu Abelardo, você é socialista?

Abelardo II — Sou o primeiro socialista que aparece no Teatro Brasileiro.

Abelardo I — E o que é que você quer?

Abelardo II — Sucedê-lo nessa mesa.

Abelardo I — Pelo que vejo o socialismo nos países atrasados começa logo assim... Entrando num acordo com a propriedade...

Abelardo II — De fato... Estamos num país semicolonial...

Abelardo I — Onde a gente pode ter ideias, mas não é de ferro.

Abelardo II — Sim. Sem quebrar a tradição.

Abelardo I — Se for preciso, o padre leva a sua alma também... Está certo... Vamos examinar aquelas propostas. (Senta se e lê.) Carmo Belatine...

Abelardo II — É aquele da fábrica de salsichas... O frigorífico... Que comprou o terreno da Lapa.

Abelardo I — Idade?

Abelardo II — Trinta e nove anos.

Abelardo I — Nível de vida?

Abelardo II — Nível baixo ainda. Faz a barba na terrina da sopa, com sabão de cozinha e gilete de segunda mão...

Abelardo I — Já fala o português?

Abelardo II — Ainda atrapalha.

Abelardo I — Gasta menos do que tira dos trabalhadores?

Abelardo II — Muito menos!

Abelardo I — Tem filhos grandes?

Abelardo II — Pequenos ainda.

Abelardo I — Em bons colégios?

Abelardo II — Sim. Oiseaux, Sion, São Bento.[5]

Abelardo I — Bem. Tome nota. Emprestamos enquanto os pequenos estudarem. Quando as filhas começarem o serviço militar nas *garçonnières*, e o pequeno tiver barata,[6] e Madame souber se vestir, emprestaremos então de preferência à costureira de Madame. O velho aí terá mudado de nível. Possuirá automóvel, casa no Jardim América. Cessaremos pouco a pouco todo o crédito. Nem mais um papagaio! Ele virá aqui caucionar os títulos dos comerciantes a quem fornece. Executarei tudo um dia. Levarei a fábrica, os capitais imobilizados e o ferro-velho à praça.

Abelardo II — E a mulher dirá que foram os operários que os arruinaram.

Abelardo I — E foram de fato. Eu conto como fator essencial dessas coisas as exigências atuais do operariado. O salário mínimo. As férias. Que diabo. As tais leis sociais não hão de ser só contra o capital...

Abelardo II — Não são não. Descanse. Eu entendo de socialismo. Olhe. A lei de férias só deu um resultado. Não há mais salário de semana ou de mês. É por dia de trabalho, ou por contrato. Somando bem, os domingos, feriados e dias de doença eram mais que as férias de hoje.

Abelardo I — Bem. Guarde esta ficha nos Firmes. Feche o negócio. A mesma taxa. O sistema da casa. Chame a Secretária nº 3. Quero ditar uma carta.

Abelardo II sai.

---

5. Oiseaux, Sion e São Bento: colégios tradicionais fundados no início do século XX. Os dois primeiros educavam exclusivamente meninas, enquanto o último recebia apenas meninos.
6. Barata: o termo "barata" aqui representa a ilusão e a fragilidade de quem acredita nela. O autor usa três vezes essa palavra no texto sem especificar seu significado. O vocábulo "barata" é utilizado por Oswald em vários escritos dele.

ABELARDO I E SECRETÁRIA Nº 3.

A Secretária (É uma moça, longa, de óculos e tranças enormes e loiras. Veste-se pudicamente. Traz lápis e *block-notes* na mão.) — É para bater à máquina, Seu Abelardo?

Abelardo I — Não. Para estenografar. Nem isso. A senhora sabe redigir. Melhor do que eu. Faça uma carta. Sente-se aí. (Sentam-se perto um do outro.) Dona Aída... Aída loira... Aída de Wagner. Como é? Não precisa de um Radamés?

A Secretária — Preciso que o senhor melhore o meu ordenado. O custo da vida aumentou no Brasil de 30%.

Abelardo I — Tenho todo interesse pelo custo de sua vida... Mas a senhora sabe... As vidas hoje estão difíceis para todos... Não é mais como antigamente... Que tranças!... Eu acabo me enforcando nessas tranças!... Deixa? (Procura tocar-lhe os cabelos.)

A Secretária — Tenha modos, Seu Abelardo!

Abelardo I — Deixa? Malvada!

A Secretária — Nunca. Eu sou romântica. Não vendo o meu amor!

Abelardo I — Vamos fazer um piquenique... (Aponta o divã sob a Gioconda.)... debaixo daquela mangueira?

A Secretária — Eu sou noiva.

Abelardo I — Eu também.

A Secretária — Mas eu sou fiel...

Abelardo I — Bem! Depois não venha fazer vales aqui, hein! Eu também sei ser fiel ao sistema da casa. Vá lá. Redija! Não. Tome nota. Olhe. É uma carta confidencial. A um tal

Cristiano de Bensaúde. Industrial no Rio. Metido a escritor. Redija sem erros de português. O homem foi crítico literário e avançado, quando era pronto… Ele me escreveu propondo frente única contra os operários. Responda em tese (A secretária toma nota.), insinue que é melhor ele ser um puro policial. Manter vigilância rigorosa nas fábricas. Evitar a propaganda comunista. Denunciar e perseguir os agitadores. Prender. Esse negócio de escrever livros de sociologia com anjos é contraproducente. Ninguém mais crê. Fica ridículo para nós, industriais avançados. Diante dos americanos e dos ingleses. Olhe, diga isto. Que a burguesia morre sem Deus. Recusa a extrema-unção. Cite o exemplo do próprio Vaticano. Coisas concretas. A adesão política da igreja contra um bilhão e setecentos milhões de liras, o ensino religioso e a lei contra o divórcio. Toma lá, dá cá. Não vê que um alpinista como Pio XI põe anjos em negócios. Vá redigir e traga logo. Para seguir hoje… Ver se esse homem deixa de atrapalhar. Um sujeito feudal. Vítima do seu próprio sistema. Paga um salário medieval, 20$000 por quinzena.

A Secretária (Voltando-se da porta.) — Ga-ra-nhão! (Sai esbarrando em Heloísa de Lesbos que, vestida de homem, entra como a manhã lá de fora.)

MENOS SECRETÁRIA, MAIS HELOÍSA.

Abelardo I (Rindo.) — Você! Meu amor! Na hora do expediente!

Heloísa — O nosso casamento é um negócio…

Abelardo I — Por isso vieste de Marlene?

Heloísa — Mas não há de ser um negócio como esses que você faz com esse bando de desesperados que saiu daí vociferando… Estão ainda muitos lá embaixo. Há mulheres idosas, moças, turcos, italianos, russos de prestação, uma fauna de hospício...

Abelardo I — Ingratos! Matei-lhes a fome! Dei-lhes ilusões!

Heloísa — E agora os trata assim!

Abelardo I — Para te dar uma ilha. Uma ilha para você só!

MAIS ABELARDO II.

Abelardo II (Entrando.) — Há um aí que não quer sair. Está resistindo. É cliente novo.

Abelardo I — Quem é?

Abelardo II — Um intelectual. Diz que não sai sem vê-lo. Quer fazer a sua biografia, ilustrada. Com fotografias. Diz que dará um bom livro. Grosso!

Abelardo I — Mande entrar. Quero vê-lo.

MAIS O INTELECTUAL PINOTE.

Pinote (Entra de chapéu de poeta na mão. Uma gravata lírica. Sorrindo. Mesuras. Traz uma faca enorme de madeira como bengala.) — Bom dia, mestre.

Heloísa (Dá um grito lancinante.) — Aí! A faca!

Abelardo I — Desarme esse homem! Ora essa! (Abelardo II atira-se sobre o Intelectual e arranca-lhe a faca simbólica.) Deixar entrar gente com armas aqui!

Pinote (Escusando-se humildemente.) — É inofensiva... de pau!

Abelardo I — Confesse que o senhor planejou um atentado! Confesse!

Pinote — Absolutamente! Por quem o senhor está me tomando? É uma faca profissional, inofensiva, não mata...

Abelardo II (Examinando.) — Está cheia de sangue... sangue coagulado...

Pinote — Umas facadinhas... para comer... (A um gesto de Abelardo I, senta-se. Abelardo II permanece ao fundo, segurando com as duas mãos a face em horizontal, como um servo antigo.) A crise é que obriga... Mas não sou nenhum gângster, não. Eu sou biógrafo. Vivo da minha pena. Não tenho mais idade para cultivar o romance, a poesia... O teatro nacional virou teatro de tese. E eu confesso a minha ignorância, não entendo de política. Nem quero entender...

Abelardo I — É um revoltado?

Pinote — Absolutamente não! Fui no colégio. Hoje sou quase um conservador! O que me falta é convicção.

Abelardo I — Tem veleidades sociais... quero dizer, bolchevistas?...

Pinote — Não, senhor! Olhe, tenho até nojo de gente baixa... gente de trabalho... não vai comigo!

Abelardo I — Muito bem!

Pinote — Gente que cheira mal...

Heloísa — Ninguém dá sabão a eles para se lavarem.

Abelardo II — Nem pão, quanto mais sabonete...

Abelardo I (Tranquilizando Pinote que se voltou.) — Não se incomode. Ele é socialista. Mas moderado, de faca também.

(Sorriso dos dois.) Mas, afinal, qual é o gênero literário que cultiva, meu amigo?

Pinote — Os grandes homens! Pretendo fazer como Ludwig. Escrever as grandes vidas! Não há mais nobre missão sobre o planeta! Os heróis da época.

Abelardo I — Pode ser também extremamente perigoso. Se nas suas biografias exaltar heróis populares e inimigos da sociedade. Imagine se o senhor escreve sobre a revolta dos marinheiros pondo em relevo o João Cândido... ou algum comunista morto num comício!

Pinote — Não há perigo. A polícia me perseguiria.

Abelardo I — É então um intelectual policiado...

Pinote — Faço questão de manter uma atitude moderada e distinta!

Abelardo I — Já publicou alguma coisa?

Pinote — Já. Um livrinho! A vida de Estácio de Sá. Não saiu muito bem. Mas estou fazendo outro... Vai sair melhor...

Abelardo I — A vida de Carlos Magno?...

Pinote — Não. De Pascoal Carlos Magno. Uma coisa inofensiva...

Heloísa — Então os seus livros podem ser lidos por moças...

Pinote — Decerto! Eu quero ser um Delly[7] social! Entenderam?

Abelardo I — Perfeitamente! Uma literatura bestificante. Iludindo as coitadinhas sobre a vida. Transferindo as soluções da existência para as soluções "no livro" ou "no teatro". Freud...

7. Delly: M. Delly, pseudônimo de dois irmãos escritores franceses, Frédéric Henri Petijean de la Rosiére e Jeanne Marie Henriette Petijean de la Rosiére, conhecidos pelo grande número de obras escritas e pelo texto de leitura fácil e acessível.

Pinote — Oh! Freud é subversivo…

Abelardo I — Um bocadinho. Mas olhe que, se não fosse ele, nós estávamos muito mais desmascarados. Ele ignora a luta de classes! Ou finge ignorar. É uma grande coisa!

Heloísa — Distrai muito, quando a gente é emancipada. (Tira um cigarro e fuma.)

Pinote — Eu prefiro as vidas!

Abelardo I — Não pratica a literatura de ficção?…

Pinote — No Brasil isso não dá nada!

Abelardo I — Sim, a de fricção é que rende. É preciso ser assim, meu amigo. Imagine se vocês que escrevem fossem independentes! Seria o dilúvio! A subversão total. O dinheiro só é útil nas mãos dos que não têm talento. Vocês escritores, artistas, precisam ser mantidos pela sociedade na mais dura e permanente miséria! Para servirem como bons lacaios, obedientes e prestimosos. É a vossa função social!

Heloísa — Faz versos?

Pinote — Sendo preciso… Quadrinhas… Acrósticos… Sonetos… Reclames.

Heloísa — Futuristas?

Pinote — Não, senhora! Eu já fui futurista. Cheguei a acreditar na independência… Mas foi uma tragédia! Começaram a me tratar de maluco. A me olhar de esguelha. A não me receber mais. As crianças choravam em casa. Tenho três filhos. No jornal também não pagavam, devido à crise. Precisei viver de bicos. Ah! Reneguei tudo. Arranjei aquele instrumento (Mostra a faca.) e fiquei passadista.

Abelardo I — Mas qual é a sua cor política nestes agitados dias de debate social?

Pinote — Eu tenho uma posição intermediária, neutra... Não me meto.

Abelardo I — Neutra! É incompreensível! É inadmissível! Ninguém é neutro no mundo atual. Ou se serve os de baixo...

Pinote — Mas com que roupa?

Abelardo I — Sirva então francamente os de cima. Mas não é só com biografias neutras... Precisamos de lacaios...

Pinote — É! Mas dizem por aí que a Revolução Social está próxima. Em todo o mundo. Se a coisa virar?

Abelardo I — Será fuzilado com todas as honras. É preferível morrer como inimigo do que como adesista.

Pinote — E a minha família... As três crianças?

Abelardo I (Levanta-se furioso.) — Saia já daqui! Vilão! Oportunista! Não leva nem dez mil-réis, creia! A minha classe precisa de lacaios. A burguesia exige definições! Lacaios, sim! Que usem fardamento. Rua!

Abelardo II entrega a faca ao Intelectual que sai penosamente. Retira-se depois.

MENOS O INTELECTUAL, PINOTE E ABELARDO II.

Heloísa — Coitado!

Abelardo I — Voltará! De camisa amarela, azul ou verde. E de alabarda. E ficará montando guarda à minha porta! E me defenderá com a própria vida, da maré vermelha que ameaça subir, tomar conta do mundo! O intelectual deve ser tratado assim. As crianças que choram em casa, as mulheres lamentosas, fracas, famintas são a nossa arma! Só com a miséria eles passarão a nosso inteiro e dedicado serviço! E teremos louvores, palmas e garantias. Eles defenderão as minhas posições e a tua ilha, meu amor!

Heloísa — Ora, uma ilha brasileira!... Estou quase não querendo.

Abelardo I — Um cais... Onde você atracou... Depois de tocar em muitas terras... ver muitas paisagens...

Heloísa — O meu porto seguro...

Abelardo I — Um porto saneado... Com armazéns... guindastes... E uma multidão de trabalhadores para nos dar a nota...

Heloísa — Em troca da minha liberdade. Chegamos ao casamento... Que você no começo dizia ser a mais imoral das instituições humanas.

Abelardo I — E a mais útil à nossa classe... A que defende a herança...

Heloísa — Enfim... aqui estou... negociada. Como uma mercadoria valiosa... Não nego, o meu ser mal-educado nos pensionatos milionários da Suíça, nos salões atapetados de São Paulo... vivendo entre ressacas e preguiças, aventuras... não pôde suportar por mais de dois anos a ronda da miséria... (Silêncio.) E a admiração que você provocou em mim, com o seu ar calculado e frio e a sua espantosa vitória no meio da derrocada geral... O conhecimento que tive do seu cinismo e da sua indiferença diante dos sofrimentos humanos...

Abelardo I — Conheço uma só coisa, a realidade. E por isso subjugo você que é sonho puro...

Heloísa (Mostrando a Gioconda.) — Por que que você tem esse quadro aí...

Abelardo I — A Gioconda... Um naco de beleza. O primeiro sorriso burguês...

Heloísa — Você é realista. E por isso enriqueceu magicamente. Enquanto os meus, lavradores de cem anos, empobreceram em dois...

Abelardo I — Trabalharam e fizeram trabalhar para mim milhares de seres durante noventa e oito... (Silêncio absorto.)

Heloísa — Dizem tanta coisa de você, Abelardo...

Abelardo I — Já sei... Os degraus do crime... que desci corajosamente. Sob o silêncio comprado dos jornais e a cegueira da justiça de minha classe! Os espectros do passado... Os homens que traí e assassinei. As mulheres que deixei. Os suicidados... O contrabando e a pilhagem... Todo o arsenal do teatro moralista dos nossos avós. Nada disso me impressiona nem impressiona mais o público... A chave milagrosa da fortuna, uma chave *yale*... Jogo com ela!

Heloísa — O pânico...

Abelardo I — Por que não? O pânico do café. Com dinheiro inglês comprei café na porta das fazendas desesperadas. De posse de segredos governamentais, joguei duro e certo no café-papel! Amontoei ruínas de um lado e ouro do outro! Nelas, há o trabalho construtivo, a indústria... Calculei ante a regressão parcial que a crise provocou... Descobri e incentivei a regressão, a volta à vela... sob o signo do capital americano.

Heloísa — Ficaste o Rei da Vela!

Abelardo I — Com muita honra! O Rei da Vela miserável dos agonizantes. O Rei da Vela de sebo. E da vela feudal que nos fez adormecer em criança pensando nas histórias das negras velhas... Da vela pequeno-burguesa dos oratórios e das escritas em casa... As empresas elétricas fecharam com a crise... Ninguém mais pôde pagar o preço da luz... A vela voltou ao mercado pela minha mão previdente. Veja como eu produzo de todos os tamanhos e cores. (Indica o mostruário.) Para o Mês de Maria das cidades caipiras, para os armazéns do interior onde se vende e se joga à noite, para a hora de estudo das crianças, para os contrabandistas no mar, mas a grande vela é a vela da agonia, aquela pequena velinha de sebo que espalhei pelo Brasil inteiro... Num país medieval como o nosso, quem se atreve a passar os umbrais da eternidade sem uma vela na mão? Herdo um tostão de cada morto nacional!

Heloísa (Sonhando.) — Meu pai era o Coronel Belarmino que tinha sete fazendas, aquela casa suntuosa de Higienópolis... ações, automóveis... Duas filhas viciadas, dois filhos tarados... Ficou morando na nossa casinha da Penha e indo à missa pedir a Deus a solução que os governos não deram...

Abelardo I — Que não deram aos que não podem viver sem empréstimos.

Heloísa — Meus pais... meus tios... meus primos...

Abelardo I — Os velhos senhores da terra que tinham que dar lugar aos novos senhores da terra!

Heloísa — No entanto, todos dizem que acabou a época dos senhores e dos latifúndios...

Abelardo I — Você sabe que o meu caso prova o contrário. Ainda não tenho o número de fazendas que seu pai tinha, mas já possuo uma área cultivada maior que a que ele teve no apogeu.

Heloísa — Há dez anos... A saca de café a duzentos mil-réis!

Abelardo I — Estamos de fato num ponto crítico em que podem predominar, aparentemente e em número, as pequenas lavouras. Mas nunca como potência financeira. Dentro do capitalismo, a pequena propriedade seguirá o destino da ação isolada nas sociedades anônimas. O possuidor de uma é um mito econômico. Senhora minha noiva, a concentração do capital é um fenômeno que eu apalpo com as minhas mãos. Sob a lei da concorrência, os fortes comerão sempre os fracos. Desse modo é que desde já os latifúndios paulistas se reconstituem sob novos proprietários.

Heloísa — Formidável trabalho o seu!

Abelardo I — Não faça ironia com a sua própria felicidade! Nós dois sabemos que milhares de trabalhadores lutam de sol a sol para nos dar farra e conforto. Com a enxada nas mãos calosas e sujas. Mas eu tenho tanta culpa disso como o papa-níqueis bem colocado que se enche diariamente de moedas. É assim a sociedade em que vivemos. O regímen capitalista que Deus guarde...

Heloísa — E você não teme nada?

Abelardo I — Os ingleses e americanos temem por nós. Estamos ligados ao destino deles. Devemos tudo, o que temos e o que não temos. Hipotecamos palmeiras... quedas de água, Cardeais!

Heloísa — Eu li num jornal que devemos só à Inglaterra trezentos milhões de libras, mas só chegaram até aqui trinta milhões...

Abelardo I — É provável! Mas compromisso é compromisso! Os países inferiores têm que trabalhar para os países superiores, como os pobres trabalham para os ricos. Você acredita que New York teria aquelas babéis vivas de arranha-céus e as vinte mil pernas mais bonitas da Terra se não se trabalhasse para Wall Street de Ribeirão Preto a Cingapura, de Manaus à Libéria? Eu sei que sou um simples feitor do capital estrangeiro. Um lacaio, se quiserem! Mas não me queixo. É por isso que possuo uma lancha, uma ilha e você...

MAIS ABELARDO II.

Abelardo II (Entrando.) — Perdão! Esta aí o Americano!... (Retira-se.)

MENOS ABELARDO II.

Abelardo I (A Heloisa.) — Chegou a sua vez de sair, meu bem!

Heloísa — Como?

Abelardo I — Devo a esse homem...

Heloísa — Adeus!

Abelardo I — Podes passar por esta porta! Não faz mal que ele te veja sair... (Gesto evasivo de Heloísa). Pelo contrário. Estás linda...

Heloísa — Sim, adeus!

Abelardo I — Perguntará quem és... (Heloísa sai. Só, no meio da cena, Abelardo curva-se até o chão diante da porta aberta.) Faça o favor de entrar, Mister Jones! *Come back*!

TELA

2º ATO

Uma ilha tropical na Baía de Guanabara, Rio de Janeiro. Durante o ato, pássaros assoviam exoticamente nas árvores brutais. Sons de motor. O mar. Na praia ao lado, um avião em repouso. Barraca. Guarda-sóis. Um mastro com a bandeira americana. Palmeiras. A cena representa um terraço. A abertura de uma escada ao fundo em comunicação com a areia. Platibanda cor de aço com cáctus verdes e coloridos em vasos negros. Móveis mecânicos. Bebidas e gelo. Uma rede do Amazonas. Um rádio. Os personagens se vestem pela mais furiosa fantasia burguesa e equatorial. Morenas seminuas. Homens esportivos, hermafroditas, menopausas.

Com o pano fechado, ouve-se um toque vivo de corneta. A cena conserva-se vazia um instante. Escuta-se o motor de uma lancha que se aproxima.

Pela escada, ao fundo, surgem primeiramente, em franca camaradagem sexual, Heloísa e o Americano. Saem pela direita. Depois, Totó Fruta-do-Conde, tétrico. Sai. Em seguida, Dona Poloca e João dos Divãs. Saem. Depois o velho coronel Belarmino, fumando um mata-rato de palha e vestido rigorosamente de golfe. Sai. Segue-se-lhe um par cheio de vida: Dona Cesarina, abanando um leque enorme de plumas em maiô de Copacabana e Abelardo I com calças cor de ovo e camiseta esportiva. Permanecem em cena.

ABELARDO I E DONA CESARINA.

Abelardo I — Pronto! Arribamos. (Deposita-a na rede.) É uma lancha que chega. Deve ser o seu filho, o Perdigoto. Na Europa é assim. Toca-se sempre corneta quando chega uma lancha! A bandeira americana é uma homenagem. Indica almirante a bordo! O Americano nosso hóspede...

Dona Cesarina — Pois é. Eu disse para o Belarmino. Nunca na minha vida tomei um sorvete daqueles! Uma delícia! Só mesmo um futuro genro distinto e rico como o senhor havia de me oferecer um sorvete daqueles. Como é que se chama?

Abelardo I — É Banana Real!

Dona Cesarina — O Totó é que se lambeu! Coitado! Está num desgosto...

Abelardo I — É verdade! O Totó está de asa partida! Mas endireita, tomando Banana Real!

Dona Cesarina — Também. Quebrar uma amizade de três anos. Eram como dois irmãos... Ele e o Godofredo viviam no mesmo quarto. Por essas e por outras é que eu não gosto de me iludir. Os seus galanteios...

Abelardo I — Os meus galanteios são sinceros... senhora minha futura sogra... Quem manda se vestir assim, com esse maiô jararaca! Qual é o santo que resiste? Olhe, é sério, sério demais!

Dona Cesarina — Quer me deixar mais zangada ainda... Mais triste do que ontem. Continua a proceder mal?

Abelardo I — Mas, Dona Cesarina! Me acredite! Por favor!

Dona Cesarina — Mentiroso!

Abelardo I — Eu terei culpa por acaso de ser fraco? Culpa de sentir.

Dona Cesarina — Não é isso...

Abelardo I — Mas que é então...

Dona Cesarina — Tenho um pressentimento... O medo de não ser compreendida!

Abelardo I — Mas que tem! Por que não sorri mais e exala esse perfume de rosas murchas? Banca um cemitério entre ciprestes!...

Dona Cesarina — É para onde eu acabo indo por sua causa...

Abelardo I — Dou a César o que é de César. Ou melhor, a Cesarina o que é de Cesarina...

Dona Cesarina — O senhor está é fazendo fita! Me diga uma coisa só. Por que é que o senhor mente tanto, hein? E me atenta tanto!

Abelardo I — Juro!

Dona Cesarina — O senhor sabe que eu não posso beber champanhe. Outra noite, quando dançamos aquele foxtrote, me pôs na chuva, depois começou com aquelas graças e aquela imoralidade. O senhor não sabe que Deus não quer que a gente diga as coisas que não sente? Que é pecado mortal cobiçar a mulher do próximo? Vai pro inferno...

Abelardo I — Não. Eu já sei que vou pro purgatório...

Dona Cesarina — A gente nunca deve dizer o que não sente. É horrível ser enganada!

Abelardo I — E se fosse verdade! Se o meu coração se tivesse inflamado ao contágio do seu luminoso verão?

Dona Cesarina — Ora, só eu sei a idade que tenho!

Abelardo I — Meu Vesúvio!

Dona Cesarina (Rindo e ameaçando.) — Olhe, que eu ainda acendo...

MAIS TOTÓ.

Totó Fruta-do-Conde (Aparece à direita, com uma vara de pescar e um saco de bombons na mão, absorto e pesaroso.) — Eu sou uma fracassada!

Dona Cesarina — Meu filhinho, venha cá. Benzinho do meu coração!

Totó — Não quero. (Bate o pé.) Não quero. Me deixe!

Dona Cesarina — Mas venha aqui, Totó. Venha conversar com sua mãezinha! Há quanto tempo você não me beija?

Totó — Não quero, não quero, não quero!

Dona Cesarina — O que que você vai fazer?

Totó — Não está vendo? Pescar nos penhascos. É o meu destino!

Abelardo I — Cuidado com essa praia! Tem cada bagre!

Totó — Deus o ouça! (Aproxima-se e faz festas.) Meu futuro irmão. Que boas cores! Que idade o senhor tem, hein? Sabe qual é a luva da moda? Eu agora vou dar bombons aos bagres. É servido?

Abelardo I — Eh! Obrigado, amigo! Não gosto desses peixes, não. Nem de bombons! Mas que família!

Dona Cesarina — Me dê um beijinho, Totó!

Totó (Indo pela escada do fundo.) — Não dou! Não dou! Não dou!

MENOS TOTÓ.

Dona Cesarina — Ah! Coitado. Depois que ele brigou com o Godofredo está outro… Magro. Enfastiado…

Abelardo I — Compreendo. Essas rupturas são dolorosas… (Tomando o leque sobre a mesa.) Mas que lindo leque…

Dona Cesarina (Silêncio. Retoma o leque. Cena muda.) — Me dê o leque que guarda como um cofre as suas palavras ardentes… do baile…

Abelardo I — Que guarda a mais terrível e secreta das confissões…

Dona Cesarina — Me diga uma coisa, Seu Abelardo, o senhor não tem ciúmes?

Abelardo I (Surpreso.) — Ora essa!

Dona Cesarina — Aquele alemão!

Abelardo I — Alemão? Americano. Americano e banqueiro!

Dona Cesarina — Ele anda com uns brinquedos brutos com a Heloísa!

Abelardo I — Ah! É boxe. Ela está aprendendo a jogar boxe. De vez em quando uns golpes de luta livre… Ele é campeão de tudo isso em New York, Wall Street!

Dona Cesarina — Pois olhe, Seu Abelardo. Eu ficaria roída se alguém que eu amasse tivesse aquelas liberdades com um estranho.

Abelardo I — Mas, Dona Cesarina! Eu me prezo de ser um homem da minha época! A senhora quer que eu perca tempo em ter ciúmes? (Imita dramaticamente um casal em choque.) Diga, Heloísa! Quem era aquele homem? — Eu fui lá só para dar um recado. — Foste lá! Confessas! Entraste naquela casa, naquele antro! Traíste-me, perjurai — Ah! Meu amor, que desconfiança também, que injustiça! Um homem feio daquele! Eu fui lá só por causa do recado! — Maldita! Pum! Pum! (Ri.) Oh! Oh! ah! É isso? Essa ridicularia que divertiu e ensanguentou gerações de idiotas. É isso… O ciúme!

Dona Cesarina (Levantando-se.) — Pois se o senhor não tem vergonha, Seu Abelardo, eu tenho! Olhe este leque! Este leque ainda é capaz de fazer muito estrago! (Deixa a rede.)

Abelardo I — Compreendo! É o leque de Lady Windermere![8]

Dona Cesarina — Seu Abelardo, não me olhe assim! Eu sou ligada pelo mais doce dos sacramentos ao mais digno dos esposos. Não! Nunca! A vida de uma esposa tem que ser uma renúncia, um sacrifício, uma purificação! Por mais dolorosa…

MAIS DONA POLOCA.

Dona Poloca (Surgindo na escada.) — Aí hein? Que lindo par…

Dona Cesarina — Com licença. Eu vou fazer servir os rabigalos.

Abelardo I — Rabigalos?

Dona Cesarina — É a tradução de *cocktail*, feita pela Academia de Letras! (Sai.)

MENOS DONA CESARINA.

Dona Poloca (Aproxima-se.) — Dando em cima da sogra!

8. *O leque de Lady Windermere*: peça teatral de Oscar Wilde encenada em 1892 e publicada em 1893.

Abelardo I — Que é isso, Dona Poloca? Bancando a polícia especial?

Dona Poloca — Ouvi tudo!

Abelardo I — Pois ouviu mal. Eu estava muito respeitosamente explicando à senhora minha futura mãe que somos de duas gerações diferentes. Ela é um personagem do gracioso Wilde. Eu sou um personagem de Freud!

Dona Poloca — Quê?

Abelardo I — A senhora não conhece Freud? O último grande romancista da burguesia?

Dona Poloca — O senhor me empresta os romances dele? São inocentes?

Abelardo I — Oh! São. Não conhece *O complexo de Édipo*? É o meu caso!

Dona Poloca — E eu Seu Abelardo? Sou personagem de quem?

Abelardo I — A senhora é colaboração, Castilho e Lamartine... Babo! (Cantarolando.) Aí! Hein! Pensa que eu não sei?

Dona Poloca (Indignada.) — Pois o senhor é aquele cavalheiro dos Sinos de Corneville!

Abelardo I — Acertou! Por que é que a senhora há de ser tão simpática quando estamos a sós? E tão infame na frente dos outros?

Dona Poloca — Mas como é que o senhor quer que eu proceda em sociedade?

Abelardo I — Quero que proceda humanamente.

Dona Poloca — Desde quando que a humanidade é um pedaço de marmelada, Seu Abelardo? Eu defendo o meu ponto de vista de tradição e de família? Intransigentemente. Sou sua melhor amiga (Carinhosa.) em segredo. Mas não posso dar confiança em público a um novo-rico, a um arrivista, a um Rei da Vela!

Abelardo — E se eu a fizesse a Rainha do Castiçal?

Dona Poloca — Prefiro ser a neta da Baronesa de Pau-Ferro. A neta pobre e inválida que sempre viveu do pão dos irmãos e cujo resto de família foi salvo por um… intruso!

Abelardo I — Por um intruso…

Dona Poloca — Que nos tira da ruína, mas tem que conhecer as diferenças sociais que nos separam. Tenho sessenta e dois anos. Vi as poucas famílias que restam do Império se degradarem com alianças menores. Como o meu mano que se casou com essa garça! Sei que é esse o destino da minha gente. Mas resisto é me opondo às relações fáceis e equívocas da sociedade moderna.

Abelardo I — Me diga uma coisa, Dona Poloca, se não fosse esse avacalhamento, permita-me a expressão… É de Flaubert!

Dona Poloca — Diga decadência. Soa melhor!

Abelardo I — Bem! Se não fosse essa decadência. É realmente, é mais suave. Como é que vocês, permita a expressão, comiam…

Dona Poloca — Seu Abelardo, a gente não vive só de comida!

Abelardo I — Está aí um ponto em que eu discordo profundamente de Vossa Majestade! Não podemos mais nos entender. A senhora vive de aragens… Eu de bifes.

Dona Poloca — O senhor é um burguês! Eu uma fidalga que teve a ventura de beijar as mãos de Sua Alteza a Princesa Isabel, ouviu?

Abelardo I — Mas me diga uma coisa só, Dona Polaquinha, perdão, Dona Poloquinha. Em sua vida toda, tão cheia de nobreza, nunca amou um plebeu?...

Dona Poloca (Graciosa.) — Em segredo. Mas nunca em público como essa desfrutável que Deus me deu por cunhada!

MAIS HELOÍSA E JOANA.

Heloísa — Outro flerte! Ontem, era a mamãe! Hoje tia Poloca. Quantos chifres você me põe por hora, Abelardo?

Abelardo I — É em família. (Sentam-se rindo.) Não conta!

Heloísa — Contanto que você não me engane com o Totó!

João — O Totó é a minha diferença. Já está dando em cima do Americano! Basta a gente inventar alguém, lá vem ele! — Eu sou uma fracassada!

Abelardo I — Coitado! Não leva vantagem... Está de asa partida!

João — Da outra vez também, lá em São Paulo, ele tinha brigado com o Godofredo. Ficou doente de tristeza! E mesmo assim me tomou o Miguelão! Bandido!

Abelardo I — Mas o Americano que eu saiba aprecia o tipo másculo de Heloísa. Mister Jones é lésbico!

João — O Americano gosta do chofer. Felizmente! Olha quem vem aí... O Coronel.

Heloísa — Papai!

João — Parece o Clark Gable![9]

Dona Poloca — Meu irmão está remoçando com essas roupas de carnaval!

MAIS BELARMINO.

Belarmino — Continuo sempre a apreciar a paisagem que se descortina desta ilha encantada. Uma verdadeira ilha paradisíaca. Aliás, o Rio de Janeiro talvez seja mesmo a mais bela cidade do mundo! Deve ser! Que baía. A mais bela baía do mundo! Nem Constantinopla, nem Nápoles, nem Lisboa!

Abelardo I — De fato, Coronel.

Belarmino — Lá em cima, o Corcovado com o Cristo de braços abertos. Consola-me ver o Rio de Janeiro aos pés da cruz! O Brasil é mesmo uma terra abençoada. Temos até um cardeal! Só nos falta um Banco Hipotecário!

Abelardo I — Se bem que, na minha opinião, o Cristo devia estar um pouco mais perto de nós. Para controlar. Ouvir as nossas queixas. Assim ele fica muito longe… lá em cima…

Heloísa — Onde então, Abelardo?

João — Onde?

Abelardo I — Num sítio pitoresco, cá embaixo. E próximo. Assim, no Saco de São Francisco…

Belarmino — Muito bem pensado! No Saco de São Francisco. E junto a ele um Banco Hipotecário.

Abelardo I — Para quê? Não temos mais nada que hipotecar…

9. Clark Gable (1901-1960): ator famoso por protagonizar o filme *E o vento levou* (1939), reconhecido também por sua beleza.

Belarmino — É verdade que já estamos muito endividados...

Abelardo I — De tanga... Coronel. Como na época da descoberta...

Belarmino — Mas me diga uma coisa, Seu Abelardo, por que é que não pagamos as nossas dívidas com café? Temos dívidas. E queimamos café. Parece haver aí um mistério! Não acha?

Abelardo I — De fato, meu futuro sogro! Café é ouro. Ouro negro! Estamos devendo e queimando ouro! Vou perguntar a Mister Jones... Estamos no fim. Na caveira.

Belarmino — Um Banco Hipotecário, meu futuro genro, resolveria a crise. Mas era preciso ser um banco forte...

Abelardo I — Um banco americano... ou inglês...

Belarmino — Perfeitamente. Depois que o Império soçobrou nas mãos inábeis dos ituanos, precisamos de capital estrangeiro. Empréstimos...

Abelardo I — E emissões...

Belarmino — Emissões também. Não sou contra as emissões, Senhor Abelardo! Mas sabe do que precisa o povo, de tranquilidade para trabalhar. Evidentemente. Deem-lhe tranquilidade e um Banco Hipotecário e verão os resultados...

Abelardo I — Os próprios bancos nacionais podiam se transformar... A carteira hipotecária de qualquer deles!

Belarmino — Estão arruinados, meu amigo! Arruinados! Não aguentam os fregueses antigos. Os homens honrados não arranjam lá um níquel! Não fosse a sua nobreza invulgar, tirando-me dos apuros em que estava, com aquele empréstimo... feito com garantias puramente morais! (Puxa um enorme lenço vermelho e enxuga os olhos e a barba.)

Heloísa — Ora, papai!

Abelardo I — Por quem é. (Consternação.)

Heloísa — Papai...

Belarmino — Minha filha, quando te casares, quero que rezes. E sejas a mãe dos pobres, a protetora dos desvalidos...

Heloísa — Prometo, papai! Onde vai agora?

Belarmino — Andar, minha filha!

Dona Poloca — Andar, andar é a vida a bordo! Este verso é de Dom Pedro II!

Abelardo I — É, é! Estamos a bordo.

Belarmino (Retirando-se declamatório.) — Que fazem os homens novos? Que fazem os homens novos!

MENOS BELARMINO.

Dona Poloca — Os homens novos são como o senhor... um ateu! Um pedreiro livre, ouviu? E esse inglês... do chofer!

Abelardo I — Que fim levou o Americano?

João — Decerto caiu dentro do copo de uísque!

Abelardo I — Vou salvá-lo. Até já! (Sai pela direita.)

MENOS ABELARDO.

Heloísa — Tia Poloca está de bossa, hoje!

Dona Poloca — Eu não digo mais, porque vivo do pão alheio. Mas no meu tempo, se escolhia. A gente não se casava com um aventureiro só porque é rico e foi aos Estados Unidos.

João — Por isso é que a senhora é virgem até hoje!

Heloísa — Com sessenta e três anos!

João — Já fez sessenta e nove!

Dona Poloca — Menina! Eu chamo teu pai! Vai ver coisas inocentes, anda! Vai ver o pôr do sol! Vai folhear o álbum de fotografias da família que eu trouxe! Quem sabe se os retratos dos avós te dão um pouco de vergonha! Vai ver o Perdigoto que chegou todo de soldado. Magnífico!

João — Aquele fascista indecente!

Dona Poloca — É o único que presta na família!

Heloísa — Não amola, titia. Anda! Bestinha!

João — Eu tenho culpa dela ser cabeçuda?

Dona Poloca — No meu tempo, as meninas eram recatadas. Iam às novenas. Rezavam o terço. Hoje é o diabo quem manda!

João — O diabo é o homem mais encantador do mundo. O Homem da Vela... de Heloísa.

Heloísa — O Rei da Vela. Me dá um cigarro, tia.

João — Não quero saber. A vela dele é que nos salvou.

Dona Poloca (Fuma com Heloísa.) — Eu não gosto desse homem não. Não teme Deus. É capaz de não querer casar no religioso... Mas o Perdigoto há de obrigá-lo. Este sim é um sobrinho que vale a pena! Me ensinou a tragar.

Heloísa — Casa! Ele está mudando. Me disse hoje que casa no religioso também. O cardeal virá à ilha… É uma honra! Um acontecimento!

Dona Poloca — Bem. Mas ele não tem família.

João — Nós temos demais. Eu não sei de nada, se não fosse ele… Depois que o Totó me tomou o Miguelão!

Dona Poloca — Aquele turco indecente!

João — Muito bom casamento. Palácio na Avenida Paulista! Barata! Nota!

Dona Poloca — Mas é um assassino!

Heloísa — É sim, João! Matou o irmão com dezoito facadas…

João — Mas foi absolvido pelo júri. Privação de sentidos.

Heloísa — E de inteligência…

João — Estado normal. Mas se o Totó não aparecesse ele caía. Ia me dar uma vida daqui! O Totó é um bandido! Me tomou o turco!

Heloísa — Esses anfíbios!

João — São uns miseráveis! Se não fosse o teu rei, estava eu ainda gastando o meu francês de Sion nos apartamentos e nos hotéis. E rolando de barata, fazendo força contra as *midinettes*…[10] Umas safadinhas… à toa…

Heloísa — Encontrei a Mag na Avenida, num luxo. Quem diria? Aquela chapeleirinha da Rua da Boa Vista. Um vestido roxo-batata! Alucinante!

---

10. *Midinette*: palavra francesa utilizada para designar jovens vendedoras ou costureiras, geralmente de origem humilde, que tinham hábitos refinados ao se vestir.

Dona Poloca — Dona Etelvina escreveu?

Heloísa — Telegrafou. Vem com os convidados amanhã. Vem esfriar! Aquela romântica. Enfim, Abelardo quer gente de raça...

Dona Poloca — As minhas relações são sempre melhores que as suas...

João — Outra virgem! Essa é a tal que viaja com a radiografia dos intestinos, procurando celebridades médicas para consultar!

Heloísa — É sim...

João (Roendo a unha do polegar.) — Mademoiselle Tubagem!

Heloísa — Dona Léa vem também amanhã... Madame La Barone de Machadô!

Dona Poloca — Aquela polaca aqui! Cinzas!

João — Polaca não, titia, po-lo-ne-sa! Muito distinta! O Décio foi vítima da própria ignorância em geografia. Casou com ela errado.

Heloísa — Como é isso, João?

João — Nesse tempo, essas senhoras eram todas francesas. Ele casou-se pensando que era uma francesa de Paris. Mas ela não conhecia nem Marselha!

Heloísa — A Migdal tem outros portos! Mas o essencial é que ela hoje é um pilar da sociedade. Uma filantropa. Vai à missa todo dia...

João — Tem chelpa![11] (Começa a roer furiosamente a unha do polegar.)

11. Chelpa: dinheiro.

Heloísa — É da Convenção Eleitoral Feminina... Capaz de ser eleita deputada pelo partido católico...

Dona Poloca — João, não me irrites com essa unha. (Pega-lhe no braço.)

João — Deixa! Ui!

MAIS ABELARDO E O AMERICANO.

Abelardo I — Que luta romana é essa?

João (Debatendo-se.) — É essa cabeçuda dessa titia, que não quer deixar eu ter nem um vício...

Dona Poloca — Cala a boca! No meu tempo, as meninas só falavam depois dos dezoito anos!

João — Uma ova. Eu sou o João dos Divãs. Não é Mister John? John *and* John! Marca nova de uísque.

O Banqueiro — *Yes, darling! Glorious day!*

Abelardo I — Mas você gosta mesmo de roer unha?

João (Pulando, deslumbrada.) — Uhm! Uma maravilha! (Continua a roer.)

Dona Poloca — Ele chega a deixar crescer a unha, para depois passar horas roendo...

Abelardo I — Eu conheço uma que começou assim e acabou mastigando um balaústre!

João (Histérica.) — Deve ser divino! Ter gosto de unha! Vou experimentar!

Heloísa (Festejando o braço do Banqueiro.) — Então, Jones. Como vão os negócios de Abelardo?

O Banqueiro — Finanças domina mundo. Abelardo, tem cheiro... Vai dar salto...

Abelardo I — No abismo...

Heloísa — Dos meus braços! Diga uma coisa, Jones, por que é que o Brasil não paga as dívidas com o café que está queimando?

O Americano — No Brasil precisa aviões... metralhatrices... Muitos...

Heloísa — Mas para quê?

O Americano — Trocar por café... *Oh! Good business! Shut up!*

Abelardo I — É verdade! A guerra! Precisamos nos armar para a guerra...

Heloísa — Mas contra quem?

Abelardo I — Contra qualquer pessoa! Qualquer guerra. Externa ou interna. É preciso dar emprego aos desocupados. Distrair o povo. E trocar café pelos armamentos que estão sobrando lá fora. As sobras da corrida armamentista. Você não vê logo? Ou então contra a Rússia! A Rússia está aporrinhando o mundo!

João (Liga o rádio. Uma valsa de Strauss amacia o ambiente.) — Papagaio! Toda vida Strauss! Ora! (Vai ligar a outra estação. O rádio guincha. Abelardo intervém.)

Abelardo I — Não. Deixe Strauss! É o adultério! A voz mais pura do adultério... Escutem! (Liga o rádio.)

Heloísa — A grande guerra acabou com esses refúgios...

João — Prefiro um foxe...

O Banqueiro — Uma *fox danz*. Vamos. *Valz* é triste!

João — Alô, Jones! (Muda a estação e ao som de um foxe sai grudada no Banqueiro.) Até a volta. Vou ver o pico do Itatiaia.

O Americano (Rindo.) — Everest! Everest!

MENOS O AMERICANO E JOÃO.

Dona Poloca (Escandalizada.) — Menina à toa! Garota da crise! (Silêncio.) Vou me vestir para o banho de mar. Me refrescar desses calores! Heloísa, você vem… (Sai.)

Heloísa — Vou já, titia…

MENOS DONA POLOCA.

Ouvem-se gritos ao fundo. Totó Fruta-do-Conde aparece na escada. Não traz nada nas mãos.

MAIS TOTÓ.

Abelardo I — Que foi?

Heloísa — Totó… Que aconteceu?

Totó — Um peixe enorme. Me tirou o anzol, os bombons. Levou tudo… Deve ter sido um tubarão.

Abelardo I — Não. Decerto foi um peixe-espada. Como você ficou emocionado! Que palpitações…

Totó — Decerto!

Abelardo I — Pensei que você já estivesse habituado com essas pescarias…

Heloísa — Espera. Venho já. (Sai pela esquerda.) Vou me vestir.

MENOS HELOÍSA.

Totó (Atira-se a uma cadeira.) — Eu pesco incessantemente há três dias. Por desgostos, Seu Abelardo!

Abelardo I — Asa quebrada...

Totó — Veja só! O Godofredo! Me misturar!

Abelardo I — Isso é da vida, você se confortará, esquecerá!

Totó — Nunca! Não posso esquecer.

Abelardo I — Ora, o tempo é o grande remédio...

Totó — Inútil. Foi um caso muito sério. Depois de tamanha dedicação minha! Três anos! Foi muito sério!

Abelardo I — Assaz sério! Mas tudo passa. *Tout passe, tout casse...*

Totó — Se não fosse aquele detalhe! Imagine, eu disse ao Godofredo: Você pode me trair com qualquer mulher. Qualquer, hein? Mas com aquela não admito! E foi justamente com ela! Tenho provas!

Abelardo I — Bem. Mas a natureza está cheia de imperativos...

Totó — E onde fica a educação, Seu Abelardo? Onde ficam as convenções, os preconceitos sociais, as diferenças de origem e de classe... Tudo isso que torna o mundo delicioso (Geme.) Me trair com uma mulher do Mangue!

Abelardo I — Do Mangue?

Totó — Do Mangue, sim. Foi um cataclisma. Sou uma fracassada! (Levanta-se.) Os peixes me assaltam, o mar me enerva, a paisagem me amorfina. Vou para o meu quarto... sim? (Sai.)

MENOS TOTÓ.

Abelardo I — Vai... Ofélia... Entra para um convento! (Fecha o rádio.) Agora é o outro que chegou na lancha. O pau d'água. Vem buscar dinheiro. Mais dinheiro! Passei a vida arrancando osso, pele e sangue de meio mundo para ser explorado agora... por um fascista... colonial!

ABELARDO E PERDIGOTO.

Perdigoto entra, choca as batas e faz uma saudação militar cabalística. Abelardo senta-se sem responder.

Perdigoto — Glória!

Abelardo I — Que quer comigo?

Perdigoto (Sentando-se a cavalo numa cadeira. Tira um cigarro. Oferece. Fuma.) Propor-lhe um negócio...

Abelardo I — Mais um? Não conhece outro endereço?

Perdigoto — É uma transação que o interessa...

Silêncio.

Abelardo I — O senhor é um crápula!

Perdigoto — Quem é o senhor para me dizer isso?

Abelardo I — Um homem que matou a fome da sua família! Antes mesmo de entrar nela!

Perdigoto — Cão!

Abelardo I — Insulta-me?

Perdigoto — Estou habituado a isso! Na fazenda ainda uso o chicote...

Abelardo I — Mas não comigo, sabe? Insulta e maltrata os que trabalham... Os que lhe deram as belas roupas com que perde rios de dinheiro na Hípica e no Automóvel Clube... Felizmente isso acabou, meu amigo...

Perdigoto (Cínico.) — Não jogo mais!

Abelardo I — Porque não tem dinheiro. Agora bebe. Sei que a fazenda se desorganizou durante uma semana toda! Porque o senhor que a administra em nome de seu pai foi tomar pifões[12] de 24 horas com o administrador na Casa Grande. Foi retirado semivivo de uma forma de vômito. Sabe, um dia os colonos hão de levantar-lhe uma estátua de vômito, depois de tê-lo enforcado...

Perdigoto (Calmo.) — Irão depois às cidades e à capital... levantar estátuas idênticas aos usurários.

Abelardo I — Miserável!

Perdigoto — Ladrão!

Abelardo I — Diga o que quer!

Silêncio.

Perdigoto — Tenho notado lá e em algumas propriedades vizinhas um descontentamento crescente entre os colonos. Eles estão ficando incontentáveis.

Abelardo I — Naturalmente... Sempre foram incontentáveis...

---

12. Pifão: bebedeira.

Perdigoto — Estão ficando insolentes, até desaforados. Ora, só há um remédio. É preciso castigar e meter medo. Eu tenho velhos amigos, quase todos desocupados... Gente disposta... Que sabe brigar...

Abelardo I — Já sei! A escória notâmbula[13] de São Paulo, os de porta de bar, os faróis de clube de jogo, os gigolôs de lupanar...[14]

Perdigoto — Todos pertencentes a excelentes famílias...

Abelardo I — Como você!

Perdigoto — Tenho um projeto. Dar-lhes ocupação. Aproveitá-los.

Abelardo I — Que ocupação pode ter essa ralé?

Perdigoto — Uma camisa de cor basta! Armas, munições e...

Abelardo I — Dinheiro!

Perdigoto — Fora de brincadeira. A situação obriga a isso. Organizemos uma milícia patriótica. Que acha? Nos instalaremos provisoriamente na Casa central. Combinaremos com os outros fazendeiros. Arrolaremos gente, a capangada está sempre pronta... Será o nosso quartel-general. E se a colônia der um pio...

Abelardo I — Será o massacre... Processos conhecidos!

Perdigoto — Claro. Os corvos engordarão! E a paz voltará de novo sobre a fazenda antiga!

Abelardo I (Depois de um silêncio.) — Quanto quer?

Perdigoto — Dez contos!

13. Notâmbula: que vaga pela noite.
14. Lupanar: prostíbulo.

Abelardo — Sei que vai jogar esse dinheiro. Tentar uma última parada. Parasita! (Reflete.) Mas sua ideia não é má. Não deve ser sua. Aliás é uma cópia do que está se fazendo nos países capitalistas em desespero! (Prepara um cheque.) Pronto! Se dentro de uma semana não estiver organizada a milícia, ponho-o na cadeia!

Perdigoto — Por ter sido seu amigo?

Abelardo I — Não, porque falsificou minha assinatura numa letra de treze contos que foi descontada por Pereira & Irmão. Desmoralizando-me com essa quantia ridícula! Mas já tomei providências.

Perdigoto — Sabia isso também?

Abelardo I — Quer que lhe dê mais detalhes de sua vida?

Perdigoto (Fazendo alusão ao cheque que mostra ao sair.) — Não! Por hoje basta.

MENOS PERDIGOTO.

Abelardo I — Crápulas! Sujos! Um é o Totó Fruta-do-Conde! O outro, este bêbedo perigoso. Virou fascista agora. Minha cunhada veio sentar de maiô no meu colo para eu coçar-lhe as nádegas… com cheques naturalmente. A sogra caída… A outra velha… E eu é que devo me sentir honradíssimo… por entrar numa família digna, uma família única.

MAIS HELOÍSA.

Heloísa (Entra em maiô.) — Você não vai ao banho? Estão todos prontos.

Abelardo I — Não vou! Estou com um pouco de dor de cabeça. Prefiro repousar. Leve esse Americano duma figa... Minha cara, eu estou vendo que peguei no duro, no batente, durante dez anos, para fazer uma porção de piratas jogarem ioiô!

Heloísa — Estás arrependido? Não te trago vantagens sociais? físicas? Políticas... bancárias...

Abelardo I — Mas que às vezes, de repente, perco a confiança. É como se o chão me faltasse. Sei que as tuas relações são boas. Amanhã teremos um jantar de congraçamento sob as estrelas do pavilhão *yankee*. Até o mais degenerado dos teus irmãos me será útil.

Heloísa — O Frutinha?

Abelardo I — Por enquanto o outro. O ébrio. Vai fundar a primeira milícia fascista rural de São Paulo. Quem vai se regalar é o tal Cristiano de Bensaúde... o escritor... você sabe. Ele vem amanhã...

Heloísa — O tal que você chamava de sociólogo angélico, ia mandar fazer um samba para ele, *O pirata jejuador*?

Abelardo I (Rindo.) — É. A gente nos momentos difíceis é obrigado a fazer concessões. Depois o Americano quer união, das confissões religiosas, dos partidos... É preciso justificar perante o olhar desconfiado do povo, os ócios de uma classe. Para isso nada como a doutrina cristã...

Heloísa — Hein? Você já está assim?

Abelardo I — O catolicismo declara que esta vida é um simples trânsito. De modo que os que passaram mal, trabalhando para os outros, devem se resignar. Comerão no céu...

Heloísa — E os outros?

Abelardo I — Os outros não precisam nem acreditar. Podem até adotar o ceticismo ioiô. A vida é um eterno ir e vir... ioiô...

Heloísa — E quando enrosca?

Abelardo I — Aí apela-se para Schopenhauer. E imediatamente adota-se a filosofia do tiro no ouvido... Deve doer, não? O mundo então é uma miséria. Como Deus, não existe mais. Só há um remédio. O salto no Nirvana.

Heloísa — Por isso é que você se aniquilou em mim...

Abelardo I — De fato, a minha vida enroscou na sua, Heloísa. Num momento grave, em que é preciso lutar e vencer. Sem piedade. De uma maneira fascista mesmo. Vou me aliar ao Perdigoto e ao Bensaúde. Eles têm utilidade.

Heloísa — Você disse que aqui isso não seria possível.

Abelardo I — Tenho estudado melhor. Somos parte de um todo ameaçado — o mundo capitalista. Se os banqueiros imperialistas quiserem... Você sabe, há um momento em que a burguesia abandona a sua velha máscara liberal. Declara-se cansada de carregar nos ombros os ideais de justiça da humanidade, as conquistas da civilização e outras besteiras! Organiza-se como classe. Policialmente. Esse momento já soou na Itália e implanta-se pouco a pouco nos países onde o proletariado é fraco ou dividido...

Heloísa — Então vou já brincar de jacaré com o Americano.

Abelardo I — Vai! Ele é Deus Nosso Senhor do Arame... Brinca, meu bem.

Heloísa sai pela esquerda. Atrás dela, chamando-a, aparece, pela direita, em maiô centenário, que lhe cobre as canelas, Dona Poloca.

MENOS HELOÍSA, MAIS DONA POLOCA.

Dona Poloca — Heloísa! Heloísa!

Abelardo I (Barrando-lhe o caminho.) — De novo a sós! Sabe! Respeito-a porque a senhora é o passado puro! Que não relaxa! O cerne! O cerne!

Dona Poloca (Lisonjeada.) — Chaleira![15]

Abelardo I (Depois de um silêncio.) — Diga, tia Coisa! Diga-me seriamente, se a senhora tivesse um milhão de dólares, o que faria?

Dona Poloca — Ora! Fabulista!

Abelardo I — Diga. Eu preciso saber. Eu quero saber! Por exemplo, se eu estourasse os miolos e lhe deixasse tudo o que tenho…

Dona Poloca — Quer me fazer de idiota? Não faz não!

Abelardo I — Não. Quero mesmo saber. Diga. Qual é o seu grande ideal? O que faria se recebesse um milhão?

Dona Poloca — Iria a Petrópolis.

Abelardo I (Ajoelhando-se.) — Deixe-lhe beijar os pés! Santinha! O maiô pelo menos! (Levanta-se.) Pois olhe, há de ser comigo. Eu lhe dou uma viagem a Petrópolis! Tomaremos nós dois sozinhos a lancha. Sulcaremos a baía. Jantaremos no Rio num grande restaurante. Mas à noite… À noite…

Dona Poloca — Uma noite de amor! Nesta idade!

Abelardo I — A primeira!… Diga que aceita…

Dona Poloca — Olhe que eu não sou de ferro!

---

15. Chaleira: bajulador.

Abelardo — Vou mandar preparar a lancha... E uns bolinhos.

Dona Poloca — Uns pés de moleque! Aba-fa!

Abelardo — Abafa (Saindo pela direita. Atira um beijo... dois...) Ao luar! Esta noite!

TELA

3º ATO

O mesmo cenário do Primeiro Ato, à noite. A cena está atravancada de ferro-velho penhorado a uma Casa de Saúde. Uma maca no chão. Uma cadeira de rodas. Um rádio sobre, uma mesa pequena. A iluminação noturna vem de fora, pela ampla janela. Heloísa se lastima prendendo com os braços as pernas de Abelardo I.

ABELARDO I E HELOÍSA.

Heloísa (Senta-se sobre a maca.) — Que desgraça, meu bem! Que pena! Que pena!

Abelardo I — Prefiro ser fraco... Heloísa. Você sabe por que nós íamos casar. Não era decerto para fazer um *ménage* de folhinha...

Heloísa — Que pena! Meu Deus!

Abelardo I — Terás que procurar outro corretor... Você sabe... Nos casávamos para você pertencer mais à vontade ao Americano. Mas eu já não sirvo para essa operação imperialista. O teu corpo não vale nada nas mãos de um corretor arrebentado que irá para a cadeia amanhã... Ou será assassinado pelos depositantes. Essa falência imprevista vai me desmascarar...

Heloísa — Que horror! Eu não quero que você vá preso!

Abelardo I — Não há perigo. Não irei. (Tira um revólver dissimuladamente do bolso.)

Heloísa — E eu como é que fico? Na miséria outra vez. Eu não sei trabalhar, não sei fazer nada. E a minha gente… Eu acabo dançando no *Moulin Bleu*…

Abelardo I (Consolando-a.) — Não será preciso, meu amor. Você se casa com o ladrão…

Heloísa (Continua a choramingar e mantém-se lastimosa e soluçante durante todo o Ato.) — Qual deles? Eu já perguntei!

Abelardo I — O último, o que deu a tacada final nesta partida negra em que fui vencido…

Heloísa — O Americano não quer casar…

Abelardo I — Mas o outro casa. É um ladrão de comédia antiga… Com todos os resíduos do velho teatro. Quando te digo que estamos num país atrasado! Olhe, ele roubou os cheques assinados ao portador. Operou magnificamente. Mas veja, rebentou a lâmpada… arrombou a secretária… Deixou todos os sinais dos dedos. Para quê? Se tinha furtado a chave do cofre. É um ladrão antigo. Topa um casamento com uma nobre arruinada. Na certa!

Heloísa — Já sei! É o seu domador! Que homenzinho horrível, meu Deus! Eu não quero…

Abelardo I — Não sei. Quem sabe se é Rafles… Arsene Lupin, um desses que você gosta, que amava na adolescência… Saído de Edgar Wallace, hein?…

Heloísa — Mas eu gosto de você… Você vai embora… Para onde você quer ir… Eu também vou… com você…

Abelardo I — Não vou não. Fico.

Heloísa (Divisa o revólver e dá um grito.) — Largue isso, Abelardo!

Abelardo (Defendendo a arma.) — Por quê, Heloísa? O ladrão que à noite passada levou o dinheiro, deixou esta arma no lugar… Fez-me um presente… O melhor que podia fazer… Viu que eu não tinha outra saída…

Heloísa — Mas, meu amor! (Levanta-se e agarra-se a ele.) Mesmo que você esteja arruinado. Mesmo que seja verdade… Você pode ganhar ainda, recuperar… Você, tão inteligente, tão ativo…

Abelardo I — Tão esperto! Olhe, menina. Eu fui um porcalhão! Sabe você a quem a burguesia devia erguer estátuas? Aos caixas dos bancos! Esses sim é que são colossais! Firmes como a rocha. Os homens que resistem à tentação da nota. Sabendo para onde ela vai, para que ela serve, donde vêm, que infâmias pode tecer… Os que recusam o chamado da nota! Antigamente, quando a burguesia ainda era inocente… A burguesia já foi inocente, foi até revolucionária… Nos bons tempos do romantismo, antes do cinema devassar o mundo, acreditava-se no chamado do Oriente, esse apelo insondável dos países misteriosos e tardos, onde, no fundo — o cinema depois divulgou —, só havia exploração imperialista e palmeiras, mais nada. Na época moderna, para nós, classe dirigente, minha amiga, só há um chamado — chamado da nota! Eu não soube resistir ao chamado da nota! Sendo Rei da Vela, banquei o Rei do Fósforo. Também me apossei do que pude! Joguei numa terrível aventura, todas as minhas possibilidades! Pus as mãos no que não era meu. Blefei quanto pude! Mas fui vergonhosamente batido por um coringa… Pois bem! O Rei da Vela não será indigno do Rei do Fósforo!… (Agita o revólver.)

Heloísa — Abelardo. Não faça essa loucura. Vamos recomeçar. Fugiremos daqui para bem longe! Vamos...

Abelardo I — Recomeçar... uma choupana lírica. Como no tempo do romantismo! As soluções fora da vida. As soluções no teatro. Para tapear. Nunca! Só tenho uma solução. Sou um personagem do meu tempo, vulgar, mas lógico. Vou até o fim. O meu fim! A morte no Terceiro Ato. Schopenhauer! Que é a vida? Filosofia de classe rica desesperada! Um trampolim sobre o Nirvana! (Grita para dentro.) Olá! Maquinista! Feche o pano. Por um instante só. Não foi à toa que penhorei uma Casa de Saúde. Mandei que trouxessem tudo para cá. A padiola que vai me levar... (Fita em silêncio os espectadores.) Estão aí? Se quiserem assistir a uma agonia alinhada esperem! (Grita.) Vou atear fogo às vestes! Suicídio nacional! Solução do Manguel (Longa hesitação. Oferece o revólver ao Ponto e fala com ele.) Por favor, Seu Cireneu... (Silêncio. Fica interdito.) Vê se afasta de mim esse fósforo...

O Ponto — Não é mais possível!

Abelardo I — Como? Não é possível? O autor não ligaria... Então?

O Ponto — Mas a crise... A situação mundial... O imperialismo. Com o capital estrangeiro não se brinca!

Abelardo I — Está bem. (Para Heloísa.) Tu, meu cravo de defunto, dá-me o último beijo! (Enlaçam-se.)

O pano encobre a cena. Ouve-se um grito terrível de mulher e uma salva de sete tiros de canhão. Quando reabre, Heloísa soluça jogada sobre a maca. Abelardo está caído na cadeira de rodas que centraliza a cena. O telefone ressoa. Ela soluça. Silêncio prolongado. O telefone insiste.

Abelardo I — Não atenda... É o ladrão. Está telefonando para ver se eu já morri. Truque de cinema. Mas como no teatro não se conhece outro, ele usa o mesmo. Virá até aqui. Para nós o identificarmos! Olhem! (Ouve-se um ruído à direita.) É ele! Pssit! Heloísa! Para de chorar! (Silêncio absoluto, o ruído cresce, persiste. Abelardo arqueia e acompanha com enorme interesse... Sorri.) Barulho de gazua! É ele! (A porta estala. Abelardo II surge, embuçado, de casquete, exageradamente vestido de ladrão. Tirou os bigodes de domador. Traz nas mãos uma lanterna surda. Deixou o monóculo. É quase um *gentleman*.

OS MESMOS E ABELARDO II.

Abelardo I — Meu *alter ego*! Foi um suicídio autêntico. Abelardo matou Abelardo.

Abelardo II (Fingindo-se possesso de surpresa, deixa rolar a lanterna, enquanto Heloísa, na mesma posição, recomeça os soluços intérminos.) — Mas que houve? Que foi? O que é isso? Meu Deus. (Aperta o botão da luz.) Curto-circuito!

Abelardo I — Não. Foi você que quebrou. Ladrão de primeira viagem! Fez bem! Pouparemos a luz elétrica. A conta do mês passado foi alta demais! Acenda todas as velas! Economia em regressão. As grandes empresas estão voltando à tração animal! Estamos ficando um país modesto. De carroça e vela! Também já hipotecamos tudo ao estrangeiro, até a paisagem! Era o país mais lindo do mundo. Não tem agora uma nuvem desonerada... Mas não irá ao suicídio... Isso é para mim.

Abelardo II — Por que fez essa loucura?

Abelardo I — Um homem não tem importância... A classe fica. Resiste. O poder do espiritualismo. Metempsicose social...

Abelardo II — Quer que chame um médico?

Abelardo I — Para quê? Para constatar que eu revivo em você? E portanto que Abelardo rico não pagará a conta de Abelardo suicida?

Abelardo II — Pode salvar-se ainda. Como fica essa pobre moça... No desamparo. (Heloísa soluça fortíssimo.) Quer um padre? Pode ainda realizar o casamento...

Abelardo I — Que necessidade tem você de casar com a minha viúva... Vai tê-la virgem! e de branco...

Abelardo II — Virgem! Heloísa virgem! (Heloísa diminui os soluços.)

Abelardo I — Se o Americano desistir do direito de pernada...

Abelardo II — De pernada?

Abelardo I — Sim, o direito à primeira noite. É a tradição! Não se afobe, pequeno-burguês sexual e imaginoso! Não se esqueça que estamos num país semicolonial. Que depende do capital estrangeiro. E que você me substitui, nessa copa nacional! Diga, onde escondeu o dinheiro que abafou?...

Abelardo II — Que dinheiro?

Abelardo I — O nosso. O que sacou às dez horas precisas da manhã. O dinheiro de Abelardo. O que troca de dono individual mas não sei da classe. O que, através de herança e do roubo, se conserva nas mãos fechadas dos ricos... Eu te conheço e identifico, homem recalcado do Brasil! Produto do clima, da economia escrava e da moral desumana que faz milhões de onanistas desesperados e de pederastas... Com esse sol e essas mulheres!... Para manter o imperialismo e a família reacionária. Conheço-te, fera solta, capaz dos piores propósitos. Febrônio[16]

16. Pode ser que o autor se refira a Febrônio Índio do Brasil, um assassino em série, mas não tem como atestar, embora faça todo o sentido, dentro do contexto. (N.E.)

dissimulado das ruas do Brasil! Amanhã, quando entrares na posse da tua fortuna, defenderás também a sagrada instituição da família, a virgindade e o pudor, para que o dinheiro permaneça através dos filhos legítimos, numa classe só...

Abelardo II — Eu sempre defendi a tradição... e a moral...

Abelardo I — E defende também a casa feudal!... Se salvares a fazenda das unhas militarizadas do Perdigoto, conserva a Casa da família. Não reformes nada! A casa feita para ter muitos criados, um resto de mucamas e negras velhas, lembrando o tronco! E um grande quarto frio para dois seres que se traem e se detestam dormindo na mesma cama e orando no mesmo oratório. A casa antiga, colonial, um mundo que resiste! Mais que eu... Foi a bala do cano que penetrou profundamente, a primeira... As outras rodearam o coração! Que dor... Decerto é porque o coração ficou intato... O coração, esse útero do homem, onde a gente gera os filhos mais caros... a ambição, o amor, o desespero, a vontade de viver... a literatura... Escuta, Abelardo! Abandonaste o socialismo?

Abelardo II — Faço-lhe presente dele!

Abelardo I — Mas eu não aceito. Neste momento eu quero a destruição universal... O socialismo conserva...

Abelardo II — Virou bolchevista! São todos assim... Quando era o grande milionário e emprestava a 15% ao mês e eu lhe falava dos ideais humanitários e moderados do socialismo, caçoava. Conhecia tudo, lia tudo, mas se ria... Agora...

Abelardo I — Sempre soube que só a violência é fecunda... Por isso desprezei essa contrafação. Cheguei a preferir o fascismo do Perdigoto. Mas agora eu queria outra coisa...

Abelardo II — O comunismo...

Abelardo I — Para te deixar um veneno pelo menos misturado com Heloísa e os meus cheques. Deixo vocês ao Americano... E o Americano aos comunistas. Que tal o meu testamento?

Abelardo II — São todos assim como você, passam para o outro lado quando estão arruinados!

Abelardo I — É um erro teu! Se todos fossem como o oportunista cínico que sou eu, a revolução social nunca se faria! Mas existe a fidelidade à miséria! Eu estou saindo da luta de classes... já está aí a maca onde o meu corpo vestido e inerte substituirá o corpo voluptuoso de Heloísa... Mas se sarasse... regressava à arena na posição que ocupei. Não aderia... Talvez mudasse de dono. Voltava a trabalhar para o imperialismo inglês...

Abelardo II — Pão-duro...

Abelardo I — Pão amanhecido!

Abelardo II — Eu fui o teu obstáculo!

Abelardo I — Mas a tua vida não irá muito além desta peça...

Abelardo II — Me matas?

Abelardo I — Para quê? Outro abafaria a banca. Somos uma barricada de Abelardos! Um cai, outro o substitui, enquanto houver imperialismo e diferença de classes...

Abelardo II — Ora, que sujeito! Fazendo visage[17] na hora da morte!

Abelardo I — Não sou nem sequer um demagogo. Esta cena é ainda um episódio da concorrência. Uma briga burguesa.

17. A expressão "fazer visage" tem conotações sobrenaturais, algo como ser uma aparição, um fantasma. (N.E.)

Eu quero, mesmo depois da morte, te suplantar na memória dela que vai ser tua mulher.

Abelardo II — Minha mulher?

Abelardo I — Como meu irmão será o teu advogado! (Silêncio.)

Abelardo II (Calculando.) — Ele conhece o sistema da casa...

Abelardo I — Somos uma história de vanguarda. Um caso de burguesia avançada...

Abelardo II — Num país medieval!

Abelardo I — O cálculo frio é a nossa honra. O sistema da casa! Não morro como um convertido. Se sarasse ia de novo lutar pela nota. Ia ser pior do que fui. E mais precavido. A neurose do lucro! Quem a conhece não a larga mais. É a mais bela posição do homem sobre a Terra! Nenhuma militância a ela se compara. Nenhuma religião. Se vejo com simpatia, neste minuto da minha vida que se esgota, a massa que sairá um dia das catacumbas das fábricas... é porque ela me vingará... de você... Que horas são? Moscou irradia a estas horas. Você sabe! Abra o rádio. Abra. Obedeça! É a última vontade de um agonizante de classe!

Abelardo II (Obedecendo.) — Ondas curtas. 25, onda de má reputação. Quantas vezes escutei isso...

Abelardo I — É o vazio debaixo dos pés, o abismo aberto... a catástrofe! (Silêncio. Ouvem-se os sons da *Internacional.*) O hino dos trabalhadores...

Abelardo II — A *Internacional*...

A música termina.

Uma Voz no Rádio — Proletários de todo o mundo, uni-vos! Aqui fala Moscou. Mos…

Abelardo II com um pé vira o aparelho que se cala.

Abelardo I — Ah! Ah! Moscou irradia no coração dos oprimidos de toda a Terra!

Abelardo II — Sujo! Demagogo!

Abelardo I — Calma! Não és parecido com o Jujuba, senão no físico. Vou te contar a história do Jujuba! Era um simples cachorro! Um cachorro de rua… Mas um cachorro idealista! Os soldados de um quartel adotaram-no. Ficou sendo a mascote do batalhão. Mas o Jujuba era amigo dos seus companheiros de rua! Na hora da boia, aparecia trazendo dois, três. Em pouco tempo, a cachorrada magra, suja e miserável enchia o pátio do quartel. Um dia, o major deu o estrilo. Os soldados se opuseram à saída da sua mascote! Tomaram o Jujuba nos braços e espingardearam os outros… A cachorrada vadia voltou para a rua. Mas, quando o Jujuba se viu solto, recusou-se a gozar o privilégio que lhe queriam dar. Foi com os outros!

Abelardo II — Demagogia!

Abelardo I — Não. Ele provou que não! Nunca mais voltou para o quartel. Morreu batido e esfomeado como os outros, na rua, solidário com a sua classe! Solidário com a sua fome! Os soldados ergueram um monumento ao Jujuba no pátio do quartel. Compreenderam o que não trai. Eram seus irmãos. Os soldados são da classe do Jujuba. Um dia também deixarão atropeladamente os quartéis. Será a revolução social… Os que dormem nas soleiras das portas se levantarão e virão aqui procurar o usurário Abelardo! E hão de encontrá-lo…

Abelardo II — Os soldados são patriotas! Os soldados amam o Brasil. Viva o Brasil!

Abelardo I — Mas o Brasil não ama os seus soldados! Eles ganham o que por mês? Para defender os que ganham vinte contos por semana como o Americano! E eu e você, os lacaios dele! Antes de Cristo, Tibério Graco já dizia dos soldados romanos: — "Chamam-nos de senhores do mundo, mas eles não têm sequer uma pedra onde encostar a cabeça!" É verdade! Eu também não tenho mais nada. Castiguei a traição que fiz à minha classe. Era pobre como o Jujuba! Mas não fiz como ele... Acreditei que isso que chamam de sociedade era uma cidadela que só podia ser tomada por dentro, por alguém que penetrasse como você penetrou na minha vida... Eu também fiz isso. Traí a minha fome... (Silêncio. Ouve-se a respiração do agonizante.)

Abelardo II — Sente-se melhor?

Abelardo I — Não tenha receio. Sinto como se sonhasse que estava tendo uma congestão cerebral!... Um poeta disse: "Se alguma coisa já exaltou o homem foi a palavra — liberdade!" A luta pela liberdade... A luta pelo dinheiro... Só o dinheiro dá a liberdade. A liberdade de amar, de matar, de mentir, de estuprar... (Ouve-se um barulho de automóvel estertorar lá fora, passando.) Feche a janela! Não quero ouvir esses sinos! Quero pagar tudo! À vista!

Abelardo II — Mas que sinos?

Abelardo I — Não quero ouvir. Feche! Não quero nada de graça... Não admito. Sino é de graça...

Abelardo II — Está delirando...

Heloísa soluça alto de novo.

Abelardo I — Pago tudo! Sino é a única coisa que a Igreja dá grátis! Não quero! Pago tudo! Adiantado! Missa de corpo presente! Sinos não quero! Abelardo! Abra a jaula... Chicoteie!... Pare essas vozes!... Abra a jaula!... Abra!

Abelardo II (Faz correr a porta de ferro.) — Pronto!

Silêncio. Soluços.

Abelardo I — Não deixe eles falarem mais. (Escuta.) O quê? Que vou ser protestado? Virei um papagaio protestado? Sem reforma? Cães! Rua! Chicoteie, Abelardo!

Uma Voz (Grossa, terrificante, da porta escancarada que mostra a jaula vazia.) — Eu sou o corifeu dos devedores relapsos! Dos maus pagadores! Dos desonrados da sociedade capitalista! Os que têm o nome tingido para sempre pela má tinta dos protestos! Os que mandam dizer que não estão em casa aos oficiais de justiça! Os que pedem envergonhadamente tostões para dar de comer aos filhos! Os desocupados que esperam sem esperança! Os aflitos que não dormem, pensando nas penhoras. (Grita.) A Amé-ri-ca — é — um — blefe!!! Nós todos mudamos de continente para enriquecer. Só encontramos aqui escravidão e trabalho! Sob as garras do imperialismo! Hoje morremos de miséria e de vergonha! Somos os recrutas da pobreza! Milhões de falidos transatlânticos! Para as nossas famílias, educadas na ilusão da A-mé-ri-ca, só há a escolher a cadeia ou o *rendez-vouz*! Há o sui-cí-dio também! O sui-cí-dio...

Abelardo I — É a revolução... Fogo! Façam fogo...

Silêncio pesado. Os soluços de Heloísa aumentam.

Abelardo II — Está morrendo. A minha vida começa!

Abelardo I — A val... a...

Heloísa soluça de novo forte.

Abelardo II — Compreendo. A vala comum... Não ficou nada. Nem para o enterro nem para a sepultura. A casa ia mal há muito tempo. Coitado! Negócios com estrangeiros... Ele que tinha mandado fazer aquele projeto de túmulo fantasmagórico... Com anjos nus de três metros...

Abelardo I — A val... a! (Gesticula impotentemente.)

Abelardo II — O quê! Quer alguma coisa? Que dê o sinal de crime? Não! É cedo ainda. Vai querendo!

Abelardo I — Não... (Mostra com sinais alguma coisa que deseja.)

Abelardo II — O telefone! Não. Um copo d'água?

Abelardo I (Num esforço enorme.) — A vela!

Abelardo II — Ahn! Quer morrer de vela na mão? O Rei da Vela. Tem razão! (Abre o mostruário. Tira uma velinha de sebo, a menor de todas. Acende-a.) Não quer perder a majestade. Vou pôr naquele castiçal de ouro!

Silêncio. Soluços. A cena emerge da luz frouxa da vela que Abelardo II colocou no castiçal de latão. Num último arranco, o moribundo deixa cair a cabeça para trás e a vela ao chão, onde tomba também e permanece de borco.

Heloísa (Levantando-se entre soluços enormes.) — Abelardo! Abelardo! Abelardo!

Abelardo II — Heloísa será sempre de Abelardo. É clássico!

Heloísa hesita um instante perto do morto, depois ampara-se sobre o ombro de Abelardo II que a mantém estreitamente no centro da cena. Ouvem-se os acordes da Marcha Nupcial e uma luz doce focaliza o par. Aparecem então em fila, vestidos a rigor, os personagens do Segundo Ato que, sem dar atenção ao cadáver, cumprimentam o casal enluarado, atravessando ritmadamente a cena e se colocando por detrás dele, ao som da música. O fascista saúda à romana. O Americano é o último que aparece e o único que fala.

O Americano — *Oh! Good business!*

TELA

BIBLIOTECA LUSO-BRASILEIRA

A alma encantadora das ruas | João do Rio

A cidade e as serras | Eça de Queirós

A falência | Júlia Lopes de Almeida

A farsa de Inês Pereira | Gil Vicente

A ilustre casa de Ramires | Eça de Queirós

A relíquia | Eça de Queirós

Amar, verbo intransitivo e *Idílio* | Mário de Andrade

Auto da barca do inferno | Gil Vicente

Casa velha | Machado de Assis

Contrastes e confrontos | Euclides da Cunha

Coração, cabeça e estômago | Camilo Castelo Branco

Dom Casmurro | Machado de Assis

Esaú e Jacó | Machado de Assis

Iracema | José de Alencar

Lucíola | José de Alencar

Macunaíma, o herói sem nenhum caráter | Mário de Andrade

Marília de Dirceu | Tomás Antônio Gonzaga

Memórias de Martha | Júlia Lopes de Almeida

Memórias de um sargento de milícias | Manuel Antônio de Almeida

Memórias póstumas de Brás Cubas | Machado de Assis

Mensagem | Fernando Pessoa

Nebulosas | Narcisa Amália

Noite na taverna | Álvares de Azevedo

O alienista | Machado de Assis

O Ateneu | Raul Pompeia

O cortiço | Aluísio Azevedo

O primo Basílio | Eça de Queirós

Opúsculo humanitário e *Conselhos à minha filha* | Nísia Floresta

Papéis avulsos | Machado de Assis

Quincas Borba | Machado de Assis

Senhora | José de Alencar

Sonetos | Luís de Camões

Til | José de Alencar

Triste fim de Policarpo Quaresma | Lima Barreto

Várias histórias | Machado de Assis

Viagens na minha terra | Almeida Garret

Vida e morte de M.J. Gonzaga de Sá | Lima Barreto

Este livro foi impresso pelo Lar Anália Franco (Grafilar)
em fonte Minion Pro sobre papel Ivory Bulk LD 58 g/m²
para a Edipro no verão de 2026.